길 묻는 사람

모아드림 기획시선 118

길 묻는 사람

김동수 시집

모아드림

설핏 잠들다 깨길 몇 차례 수없는 난마의 길 뒤엉켜
어디로 갈까 망설이다 비로소 이 길에 든다
초록 밭이랑을 가로질러 산모롱이까지 이어진 길
지금 한창 희열의 봄길 활짝 열어 패랭이꽃으로 곱다
내 속에서도 저처럼 피고 지는 꽃이 있어
비로소 어둠속 호롱 불빛으로
애절하게 깜빡이는 그대가 보인다
그 곳을 향해 가는 길은 늘 세상의 변두리였으나
내가 나그네일 때 저버리지 않았던 사람의 눈물겨움에
사랑하지 않고는
아무에게도 그 길 물을 수 없었다
그러나 지친 내가 무릅쓰고 가려 하는
미지의 영역은 어디엔가 있을 것이다

2009. 6.
김동수

차 례

시인의 말

제1부 중독

제2부 길 묻는 사람

제3부 분재

제4부 도서관

1부 중독

아름답게 빛나는 별처럼

― 나의 길 공직 41년을 기념함

기다리고 있을 수만 없어서
오랜 세월 쉬지 않고 달려왔습니다
가슴은 뛰고 설레임으로 터질 것 같아서
하루도 무릎 꿇지 않고는 견딜 수 없었습니다
그리 먼 길도 아닌데 시간은
순식간에 사십일 년이 흘렀습니다
나는 흐르는 시간의 냇가에 앉아
내가 걸어 회복할 땅을 꿈꾸었습니다
마침내 아름다운 꿈의 집을 짓고
기쁨으로 흘렸던 눈물 사이로
공직 사십일 년의 모습 떠올라
마음 아프지 않은 적 없었고
허물 많은 나 잊은 적 없지만
아직도 이루어 놓은 것 없는 죄인일 뿐입니다
나 모두 송두리째 드려도 부족하지만
나의 뜨거운 소망과 기도와 눈물은
언제나 내가 잊지 않고 살았던 삶의 복음!

그리고 나를 채근하는 채찍이었습니다

걸어온 발길마다 눈물 아닌 것이 없고
지나온 자취마다 고통 아닌 것이 없었던
내 삶을 고백합니다
너무 큰 사랑과 과분한 축복받아 흘렸던 눈물과
하늘이 온통 내 마음이어서 부르던 기쁨의 노래
그대들이여 들으셨나요
겨울 눈보라 매서운 새벽길 수십 리를 내달려
집집마다 신문 배달을 했던 시절
찢긴 옷과 질척이던 해진 신발을 생각합니다
가난했던 시절 절망하기도 했었으나
나는 두려워하지도 포기하지도 않았습니다
그러나 나는 잊지 않고 있습니다
중도에서 포기했던 꿈을 눈물로 삼키고
선택했던 나의 길 그리고
설레임으로 부임했던 공직 첫날을 잊지 않았습니다

공직 사십일 년이 흘렀어도
마땅히 내놓을 것 없이 부족한
나는 모두에게 용서를 구합니다
좀더 많은 땀을 흘리고
값진 결실을 내놓아야 했건만
결국 빈손뿐인 부끄러움을 용서하소서
때로는 욕심도 부려 보았고
짜증을 내어도 보았으나 사랑했음으로
사랑을 주셨던 여러분들 앞에 죄인이었을 뿐
아무것도 온전히 남기지 못했습니다

돌이켜보면 많은 일이 있었습니다
추하지 않고 깨끗하게 살려고
몸부림 쳤지만 세상은 만만치 않았습니다
보이지 않는 암투 속에 아직까지 이겨 보지 못했습니다
나는 늘 절뚝이며 세상의 변두리만 걸어왔습니다
누가 알아주지 않아도 불평하지 않았습니다

누구를 음해하거나 비열한 음모를 한 적이 없습니다
그러나 나는 결코 포기하지 않았기에
황량함으로 더 아름답게 빛나는 별들처럼
영원히 빛날 것입니다
그것이 나의 치열함이고 나의 아름다움이기 때문입니다

어제는 무화과 흰 꽃이 내 곁에서 피고
오늘은 겨자씨 한 알이 공중에 푸른 잎새 피웠습니다
그 뜨거운 언약과 사랑이
사십일 년을 함께하였기에
이제는 울지 않으리라
다시는 울지 않으리라
그러므로 나의 길 공직 사십일 년은 행복했습니다
살아갈 앞으로의 모든 내 삶이 행복합니다
그리고 누군가를 영원히 사랑하겠습니다

봄에 오는 눈

못 잊을 사람 있어 다시 왔다면
왜 목 놓아 부르지 못하는가
스스로 채우지 못하는 허기진 연가
저렇게 부서져 봄 무늬로 파랑 지는데
마음 맨 밑바닥까지 발 닿지 않는 허전함,
걸어가다 잃어버린 길처럼
까마득히 너를 잊을까
중심에서 중심으로 흘러드는 봄 물결
저 물길 건너 마냥 상춘으로 가는 사람들
절뚝이며 경칩 지나는 철 늦은 눈발을 본다
가두지 않으면 자제되지 않을 부푼 사랑에
목메이는 주말 오후이지만 저 봄눈
찢겨져 파르르 떠는 내 마음 한 겹
완성되진 않은 판화 속에 흑백으로 찍혀
두음이 생략된 소리로 우우
영산홍 마른 가지 위에 꽃잎으로 날린다

봄강

양평대교 건너 퇴촌 가는 길, 일행은
강이 보이는 한 식당 창가에 자리 잡는다
강은 어둠으로 차츰 꼬리를 지우고
강 건너 집들이 토해 낸 불빛이
강의 中向까지 허리 길게 늘여
흐르는 강물 핥아 대고 있다
아! 오랜 천착의 세월이여
지금은 아이 엄마가 된 저들도
어느새 불혹의 한 가운데 떠밀려 와
따뜻한 풍경으로 늙어 가고
지척에 마주 앉았어도
함부로 말할 수 없었던 고백은 아직
강 이쪽과 저쪽에서 바라보기만 했던
애절한 浮石으로 떠돌고 있다
대체로 나이 든 후 생각은
비 온 뒤에나 흐르는 건천 같아서
한꺼번에 몰려 왔다 어느새 사라지지만

추억은 말하지 않아도 새삼스러워서
말하고 싶었으나 끝내 말하지 못한 애절한 마음만
내 삶이 만든 어느 석순 위로
방울져 내려 지금 더 새삼스러운지
한참을 생각해도 미처 못 한 고백은
저 강 거슬러 올라
해 돋는 산봉우리 아득한 하늘로
나 다시 흘러야 한다

중독

낮선 길의 여정은 알려지지 않았다
한달음에 치달릴 것 같았던 거리의 아득함에
머뭇거리다 반평생 허기진 解悟
그 몰입은 초반도 알지 못하는 미지로 남았다
타고 난 어리석음이야 들추어 본단들
얼굴 붉어지는 쑥스러움뿐이겠지만
낮달처럼 희미하기만 했던 차라리
들키지 않아서 좋은 행적이기도 했다
더러는 내 노정을 가로막았던 사변들
겨운 분노 삭인지 오래지만
끝내 지워 버리지 못한 두려운 잔상으로
중독되어 시간 속에 갇혀 있다
이 중독이 훼손시킨 아픔은
명부의 한 줄 슬픔으로 남아
보일 듯 보이지 않아서
궁금해질 때마다 아뜩한 나와의 마주침,
마주친 시간 너무 짧아

내 안에서만 범람하는 풍랑
잔잔해질 때까지 바라보아야만 하는지

벽

마음에 없는 말로 그를 돌려보내고
어둠 흘러가는 골목 내려다보고 있다
포기하기에도 이미 늦은 긍지만으로
혼자 견뎌야 하는 시간들은
이내 사라지는 흔적일 뿐이라고 일렀지만
넘을 수 없는 마음의 벽 혼자 세워 두고
어리석음 깨닫지 못하는 미련한 오만
그 소용돌이 속으로 밀려들어 더 소란한 바깥,
아무리 올려다보려도 볼 수 없는 그 너머
은하의 한쪽을 치고 사라지는 살별 아득해서
애초부터 어긋난 지상의 계획들은
아무도 기억할 수 없도록 계시된 것,
제 몫조차 서러운 착란은 세간의 일조차 헝클어
어둠 붉게 태워 가르는 십자탑 거기까지
무릎으로 기어오르려는 간절함!
누군들 마음 헤집는 서원만으로 이루었겠는가
텅빈 예배당 안무릎 꿇고 앉으면

시간은 자꾸 벽으로 나를 떠밀고 그곳에
아직 누군가 못 박혀 폭풍우 치는 밤을
견디고 있는지 생각조차 벅차다

물의 무덤

어설픈 작위로는 만들 수 없는 일몰의 함성
파랑져 오는 경이의 푸른 물무늬 덮어 쓰고
양북면 봉길리 감포 앞바다 문무 수중릉
뭉개진 촉수 뻗고 침묵하는 물의 무덤이 있다
황무의 땅에서 채석한 요행의 유적보다
차고 예리한 밀도로 익어 간직한 사적
오래도록 간직했던 물의 유적 흘러와
내 생각의 중심까지 파고 든다
하루 종일 퍼질러 앉아
물 둠벙 아래 요사채 주렴등 밝히면
한 무리 고기떼 밤새도록 설친 잠
물이끼 까칠한 물 무덤 속에 산란한다
때로는 나도 밀려드는 세파에 지쳐
쉽게 잠들지 못하는 날만 늘고
들추어 보려도 감추기만 하는 속내 들쑤셔
한꺼번에 벌커덕 산더미만한 투정 부려 놓는
시간의 무덤에 갇히기도 한다

갯바위에 앉아 골몰하는 사이
물 때 맞춰 고기 낚으러 가는
어부집 횟감처럼 싱싱한 파도
건드리면 터칠 말 많다는 것인지
오늘따라 자꾸 내 마음 들쑤신다

果川

출근길 과천 내려서면 옛 술막 객주 흔적조차
관악의 자락에 매달려 흐르는 뿌연 안개 속
봇짐 맨 사람들 남태령 쪽으로 몰려 간다
개미떼같이 이동하는 차량들의 행렬
지금은 뱃길 대신 대교로 가는 길목 서두른다
아무 흔적 없는 하룻밤 식객으로
머무르지 못했던 꿈속 집 나서면
들먹이며 이른 발자국 내딛어 철벅이는
지하철 구부러진 땅 속 길 퍼댄다
옛 길 눈으로야 읽히지 않지만
과수원은 어디에도 없고 좁은 실개천만
지워진 지명 경계 밖을 흐른다

바라보면 길 건너 각색으로 치솟은 아파트
건물과 건물 사이로 치켜선 관악
푸른 물먹은 잎새 피워 든 자부심조차
삼경을 울리는 순라꾼처럼 길 위를 헤맨다

관문사거리 지나 경마장 가는 길
사람들 허공에 들뜬 엽전 몇 잎 옆구리에 꿰고
뿌연 먼지 속 버팅길 때
이곳에 무엇을 내려놓으려 했던 것일까
사람들은 이미 떠났으나
여기가 내 여장풀 객주였던지
가만히 손잡아 맞아주는 아낙의 품
그리움을 품기엔 이미 늙었으나
마음 속 꿈길이 뛰는 희열로 들떠
어지럽게 분망했던 난장 세월
이제야 새로운 듯 빛나는 가로등 켠다
과천, 수많은 거처를 옮겨 머무른 곳
그대를 알고 나서야 나이 먹었음이 슬픔인 것을
현기증 나는 그리움 부둥켜안고 돌아서면
마음은 한사코 주춤주춤 발버둥치지만
사람이 사람을 그리워하듯
너를 마음에 품겠네

비

일생이 마음 한 자락 긁어 쓴 흔적이라면
못 가 본 영원의 나라 어디쯤에서 누군들
분별없는 노역에 시달리고 싶었으랴 사선으로
내려 꽂이는 저 어지러운 투신의 비를 본다
먹구름 한쪽 엎질러도 색깔은 보이지 않는다
분명한 목소리는 는개의 긴 꼬리
끌고 올라간 하늘 위에서
위악의 큰 기침 소리로 천둥칠 때
조마조마한 가슴은 누구에게도 준 적이 없다
말할 수도 들을 수도 없었던 그날
그가 내게로 와서 말했다
젖는 것은 종아리가 아니라 마음이라고
애써 빨강색 우산으로 눈물 가리던 이
그가 비워 내려 했던 무거운 생애
아직 비워 내지 못한 묵은 약속 남았던지
흐린 듯 흐린 듯 선명해 보이는 마음
더 세차게 엎질러 버린다

잠시 비 그치더니 오후엔
마음 밑바닥만 아프다고
아프다고 자꾸 찔끔거린다
세상은 꼭 이런 말들이 필요치 않은데도
더 으스러지게 끌어안고 보채던 사람
보일 것 같이 보이지 않던 그가
이제야 비로소 조금 보이는 듯하다

천지 가는 길

거친 콘크리트 포장도로가 구불구불
산 정상으로 나를 끌고 오른다
유월 중순인데 피지도 않은 봄빛
아직 그늘 아래 눈덩이에 덮여 있다
날렵한 마쓰시타 일제 지프 차를 타고
오십 수 년 견고했던 이념의 오르막길 박차고 오르자
중턱부터 정상 가까이 드문드문 낮게 엎드려 핀
들쭉꽃, 자주색 군락에 내리는 모처럼의 햇살
평소 이곳 날씨로 보아 행운이라고 한다
천지를 볼 수 있는 시간이 삼십 분이라는
조선족 안내원의 말을 따라
시커먼 화산잿길 급하게 올라 마주한 천지
수십 길 벼랑 아래 무한의 빛으로 잠긴 물의 거울, 거기
숨 가쁘게 하늘 길 치솟는 바람의 벽에 기대선 바위조차
하나의 입자로 떠다니는 장엄
그 불연속의 기억 속에 내 던져진 나는 길손,
짧은 시간 동안 반쪽짜리 조선을 바라다보았을 뿐

하산 길에는 파랗게 쪽빛으로 여문
소란꽃 군락에 내려앉는
유월의 은밀한 소리를 보았다

짐

길 건너 도심은 확연한 봄빛인데
겨울 잠바를 걸친 노인
빈 박스며 빈 병, 폐휴지를 줍는다
저 폐품들로 채울 허기는
포만의 식성 뒤에 버려진 그릇처럼
언제나 뒤에 남은 쓴 추억 같은 짐이었을까
아니면 딴 세상에서 이곳으로 피한할 때
꾸린 행장이 저렇게 볼 품 없는 품목들로
견디도록 강제 배분된 것일까?
그러면 내게 배분된 품목들은
어떤 것이 남았을까
봄을 맞기 전 나도 깊은 허기 속에
구겨져 있던 내 짐을 꺼내야 한다
그 짐은 황홀한 계절보다 따뜻한 계절을
지나기에 알맞게 꾸려져 있어야 한다
지금까지 그걸 눈치 채지 못한 내 속의 내가
당연한 나의 짐이라면 아버지가

견디지 못해 벗어 놓으려 했던
짐은 술 말고 또 무엇이었을까

아버지의 봄맞이

간밤 내 참방이며 내리던 비 어느덧
신발 끄는 소리는 댓돌 위에 벗어 놓고 가고
봄은 땅 속으로 녹아 들어간
생명들을 하나씩 꺼내어 풀어 놓는다
파랗게 불타 오른 쑥부쟁이, 냉이들이
여기 저기 햇살 속에 뒤집힌다
자식 다섯이라도 볼품없는 소지품 같다며
한 사발 소주로 요란해진 아버지
사월로 건너가는 햇살 파도 속에
남루한 낮달처럼 걸쳐 있다
숨어 있는 것은 숨은 대로 두고라도
머지않아 여기저기 넘칠 봄꽃
손에 잡힐 듯 빠른 세월 곁에만 핀다
저 궁극의 몰락이 피우려는 꽃들도
쉬이 벌레들의 집성으로 요란할 텐데
아버지, 위도 북쪽으로 퍼져 가는
푸른 빛 벌판에 서서

손때 묻은 생애를 들고
애써 눈물 감추지 않았다

길 묻는 사람 1

이런 산 속에 저수지가 있다는 것이
나에게는 자못 경이였다
크기라야 시골 학교 운동장쯤이지만
저 담수가 지키는 생육의 길은
어디까지 흘러내려 우거지는 것인지
바람이 더듬어 뿌린 씨앗들이 내려놓은
길은 여기서는 보이지 않는다
햇살과 바람과 구름이 흘러 모인
저 고요의 함정 들여다보면
한 마장은 됨직한 골짜기 아래
아득함으로 잠겨 있는
조그만 집 한 채 동공에 갇힌다
누군가 살고 있다면
세상으로 이어진 길 저기도 있으리라
그 길로 누가 오가는지 알 수 없지만
굽어보면 귀담아 듣지 않아도 좋은
세상은 저리 깊은 골이었던가

어디로 더 가야 하는 걸까
모든 시작은 끝을 감추고
끝의 배후는 더욱 궁금하다

江의 길

대형 트럭이 사라진 산굽이를 돌자
석양에 번쩍이는 강줄기가 보였다
제자리이면서도 제자리에 남지 않고
어디론가 흘러가는 강,
산자락에 가리워 함몰되었던
생애 꺼내 놓고 흐른다
다만 노을 이는 그 길 따라
지치게 흘러가는 강물 소리,
내 마음 안쪽에서 울던 한 목소리로
모래톱 위에 찰랑인다
생각하면 나도 끝을 알 수 없는
물길 하나로 흘렀지만
길은 나를 범람하여
외진 숲 바닥에 자작이는 안개에 숨어 있다
흘러 온 만큼 흘러 갈 길 아득하여
생각은 나를 넘쳐 구비 도는데
끊임없이 옆구리를 치고 가는 물결

저녁볕 다 지고 난 후에도
나는 이 자리 떠날 수 없었다

2부 길 묻는 사람

어머니의 병실

몸져누우신 지 벌써 오래
병실 밖 작은 뜰엔
푸르게 빛났던 나뭇잎
어느새 노랗게 물들어 떨어진다
지상에 이르는 저 짧은 비상의 순간,
잘 놓인 질그릇처럼 제자리에서
익었던 오랜 식사를 마치고 이젠
뿌리 속으로 내려서는 잎새처럼
병상의 한 풍경으로 야윈 어머니,
다다를 來世 어디든 아버지 만나 살았던
이 세상보다야 못하겠느냐고 하면서도
방금 전까지 알아보던 나를 몰라보시는
어머니의 잃어버린 기억의 줄기가
핏발선 눈으로 나를 응시하고 있다
후드득 떨어지는 빗방울도
천근의 무게로 매달리는 병실
이젠 거기 아무도 없다

열대야

잠들기 힘든 밤이 연일 계속되었다
한낮의 푸성귀 같이 늘어진 갈증 덮고 누우면
몸은 터질 것 같이 터지지 않는
선잠 부근을 맴돌기만 했다
불현듯 아리송한 그의 이야기가 생각났다
한 짝의 도구에 불과한 사랑이란 게
평생 짐 지워 살기에는 재미없는 유희이더라도
몸이 가는대로 본능에 충실한
동물들의 교미보다 나은 게 무엇이냐고
삐쳐 돌아가 다시는 볼 수 없는 사람
그의 마음처럼 복잡한 열기가 계속된다
자정 지나도 가라앉지 않는 더위는
도대체 어느 열대 나라를 뜨겁게 달구던
못된 습성으로 이곳을 떠나지 못하고
이 작은 나라를 온통 잠 못 들게 하는가
습성이란 쉽게 버려지는 게 아니지만
잠 못 드는 습관으로 길들어진 사람은 안다

무더운 여름밤을 뒤척이게 하는 괴롬보다
더 후덥지근하고 지겨운 인생사, 그러므로
누구든 삶은 피한의 거쳐 가 불분명한 것이리라
자정을 훨씬 넘긴 시간까지
나는 열대의 가시덤불 속을 서성이지만
새벽녘에는 꿈꿀 것이다
來日은 몸의 갈증 달래 줄 비라도 내리려나
아니면 기갈 든 삶 해갈시켜 줄
오병이어의 기적 일어나려나?
충혈된 눈으로 읽는 어둠은 더 아리고 맵다

독서

서고를 정리하다 오래 전 읽다 만 책 꺼내
접질렸던 화두 골몰했던 때 생각한다
어느 해였을까 한쪽으로 젖어 흐르는 시월의 잎새
책갈피 속에서 목마른 채 퇴색하고
기운 듯 어질러진 자리에 내가 서서
한꺼번에 빠져나오는 생각들과 섞인다
몇 천근의 강도가 정으로 쪼개지는지
낯선 곳으로 하강하는 꽃잎들
행간을 튕겨 나와 눈시울 아리게 한다
그 막막함 삭아 내려 흐려 보이지만
잊고 산다는 건 아쉬워진 만큼
간직했던 그리움의 허전함일까
너무 일찍 세상 떠난 친구
한 자리에서 지워지던 생애 어른거려
그 자리에서라도 천년을 버티라고
버티라고 묘비 속에 새겨진 영면처럼
신기하게 소생하는 때 믿고 싶었다

오후의 정적 속에서 읽는 책장
몇 번씩 되넘겨도 줄어들지 않고
앞집 지붕 넘어 온 한줄 햇살
지난 생애 들쳐 귀는 나를 넘기고 있다

약속

세상에서 머문 날은 허기진 저녁
식솔들의 양식이었다가
그대 만나 살 맞대고 산 날
오래도록 애달픈 날 견디었더니
욕구에 비해 지고 갈 짐만 더 늘었다
어디 그게 누구에게만 정한 일일까만
사랑은 너무 쉽게 자리 바꾸어 앉고
내게 점지된 노선은 어디까지
촉수 내밀어 서러웠을까
함부로 가질 수 없었던 식생은
진종일 발 길 아리게 하는 노독의 몫일 뿐
복지는 내게 간섭하지 않았다
지금 문 밖은 숲이 분사하는
녹색의 함성으로 가득해
지난날의 분노를 지우거나
부끄러움을 삭이는데 요긴한 자리,
수도원 가는 길 입구에 앉아

가물가물 한 생각 부풀려 본다
죽어서야 헤어지지 않는 緣 맺었다는
엘리어즈와 아벨라르의 사랑처럼
먼먼 날 되돌아 봐도 그 동행은
미리 점지된 약속이었다고
부디 기억해 주길

실개천

세류창해, 그 근원은 알 수 없지만
잔소리 같이 진종일 졸졸대는 실개천
어떤 자각도 변화시키지 못하는 고질인가
개천가 뿌리 박은 버드나무 몇
지금은 물 올라 푸르른 능수
물이끼 낀 수로 사이 일렁이는
잔 고기떼로 떠다니고
바람에 보채는 가지들
제 맨 다리를 치고 허공으로 곤두 박힌다
한가함은 몸의 오류를 만드는 것일까
제 몸 들어 제 몸을 치는 저런 자학
들끓는 세파에 막막했던 나는
무슨 막대를 들어 저 세월 치려 했던가
왜소해진 내 꿈의 실개천 물고기들
어떤 풍경이 씨를 남겨 살게 한 것인지
골짝 묵은 비탈 밭 쑥대 무성한 공터로
바람이 불쑥 엉덩이 디밀고 앉아

구릉 휘돌아 가는 고갯길만 빤히 바라보고
나는 아까부터 내 몸 흐르는 실개천
누가 불 밝혀 나를 듣고 있는지
뚫어져라 들여다보고 있다

하늘바다

가다듬어야 할 생각의 집요함이
어떤 천착의 한 통로를 관통하여
저기 하늘 길 뚫는 비행의 궤적만큼이나
아뜩하고 먼 거리에서 출렁인다
내 생각의 한켠에서
밀려가고 밀려오는 하늘바다
오늘은 유난히 더 뒤척이고
그곳에 서툰 낚시꾼 하나
바다 깊이 가라 앉아 있는
지상에 낚싯대 드리우고 있다
저 빛나는 단단한 유희의 순간
망망대해라지만 몰입은 아름답고
되돌아갈 해돋길은 멀다
부표처럼 떠다니는 구름떼
느리게 회전되는 시간의 門이라면
아무 말 없이 떠나 버린 싱거운 사련,
기다려도 입질 없는 시간 속에

통째로 다 퍼 버리겠다
이쯤해서 나는 생각의 왜곡을 접고
느리디 느린 꽃핌의 기다림 속에 가만히
두발 잠그고 그가 문 여는 소리 듣고 싶다

그러나 그는 언제나 침묵할 뿐

어두워질 때

자세히 보면 어둠도 하늘에서 내려 온다
앞산이나 건물의 가장 높은 꼭대기부터 잠식하여
빌딩과 아파트의 절반만 어둠 속에 기우뚱하다
나도 반쯤 잠기어 어둠 위로 고개를 내민다
집집마다 통통 튀어 오르며 불이 켜지고
상가 지역에선 일제히 불꽃놀이로 현란하다
모두 퇴근해 버린 사무실의 정적이
내 몸 속을 텅텅 울릴 뿐
여기서 보면 암흑의 바다 속을
형광의 어군들이 헤엄치는 듯
지상은 싸리꽃이 흐드러진 군락지,
뿌옇게 솟아난 화려한 산호섬이다
그곳으로 향하는 뱃길이
나를 밀어 올리고 내렸든 닻에 묶여
몇 마장의 거리로 더 멀어졌는지 몰라도
어두워질 때 비로소 더 환해지는 뱃길

조수 간만의 차이만큼 떠올랐다
다시 내려앉는 게 희미하게 보인다

길 묻는 사람 2

오래 생각하는 것도 나이든 후의 습관일까
식탁 한켠에 며칠째 켜 둔 안개꽃이
조금씩 제 몸의 안개를 뽑아 삭아 갈 동안에도
나는 몇 마디의 딱딱한 생각으로 서 있었다
세상 풍경을 외우고 사는 동안
내 몸을 거쳐 흘러나온 아이들
골똘한 생각으로 내 곁에 있다
그 생각의 배후는 너무 복잡하고
혹독한 미로를 점지 받았던 나는
갈 수 없는 나라의 풍경 속까지 떠밀린다
이정들은 이미 지워져 있거나
거리의 입간판들은 훼손되어
식별할 수 없는 낱말들로 대체되어 있다
미처 읽어 보지 못한 경전은
누군가가 가져가 버렸다
그 자리는 비워져 있고
내가 치워야 할 지저분한 밥그릇들 뿐

누군가의 소식처럼
거리는 늘 사람들로 붐볐으나
아무도 길은 가르쳐 주지 않았다

채석강

세월이라면 거슬러 오른 만큼 아득해서
사무침쯤 스스로 삭일 줄 아는 걸까
거기부터 시작되는 시간의 귀납 속에
내가 들어 출렁인다
깜깜한 물 밑 길 쌓아올린 저 망해
그림자 빗겨 지고 떠다니는 절벽 높이
무심한 파도 치켜세우는데
객기에 취한 중년 몇
때 이른 물가에 들어 노닌다
솔직히 우리에게 한가하게 즐길
무슨 여유는 있었던가
그냥 식솔을 지키는 장승으로 서서
나이나 먹은 늙은 애비였을 뿐
유랑조차 사치로운 저런 바닷가
그래 오늘은 여기서 묵자
이미 지나 버린 한때가 하루쯤
미룬다고 더 늦는 것은 아닐 테니까

아낙들 손 크게 퍼 담는
해물 한 접시 놓고 바라보면
세월 속을 떠나 부표로 떠도는 채석,
되돌아서면 억겁을 꾸려온 저 난무의 바닷길
벌써 하루의 절반만큼 제 모습 감추고 있다

겨울 나비

겨울을 향해 느리게 진행되던 낙엽이
어느새 산 중턱까지 한 줄 붉은 길을 냈다
어쩜 저리 고운 날개를 펼 수 있는지
외진 산길 발끝에 얹고
십일 월 접었다 펴는 저 나비 떼,
이 겨울 어느 지층으로 퇴적되어
갈피마다 새 무늬로 삭아 갈까
운명이란 것도 알고 보면
수정될 때 미리 결정되기 마련인 것
세상의 가장이만 걸어 온 나도
저리 곱게 일생 물들일 수 있다면
물결인 듯 잔잔하게 퍼져 나가
윤회의 한 끝 울리는
破邪의 사원에 가 닿을 수 있을까
거기 적멸에 든 늙은 수도승 있어
몸 벗으니 이 세상이 꿈이었다고
오래 앉았던 좁은 자리 비우니

빈 자리 가득 채우는 은밀한 아우성
몸은 듣기나 하는지

어느 여자

홍등 아래 불빛 고여 흐르고
술 취해 부르는 노랫가락
참방참방 잔속으로 가라앉는다
남자들 거친 눈빛은
여자의 우유빛 속살에 달라붙고
적지 않은 세월 속아 살아
이제는 아무도 믿지 않는다는 저 여자
슬픈 미소가 아프게 잔에 어린다

아주 젊었던 시절, 나도
욕정을 사랑이라고 말하며
버렸던 여자가 있었다
지금 그 여자 삶이 어찌 됐는지 알지 못하지만
부디 내가 지은 죄로 불행하지 않길
늘 괴로워했었다
통풍구도 없이 소리를 잠재우는
이 방음의 첨단에 갇혀 노닌다 한들

불안의 시대를 메울 무슨 위안이고
허기진 마음 달랠 도움이라 하겠는가
불현듯 젊은 날 나의 불량이 되살아나
나는 슬그머니 자리를 뜬다

盆栽 1

기운 듯 반듯하고 낮은 듯 높고
모자란 듯 알차게

잘려 나간 희망 치켜들어
옹기종기 햇살 위에 늘어놓고

네 죄가 아니다
네 죄가 아니다

원래 성했던 몸 비틀러
불구 만들어 키우면서

보기 좋다 보기 좋다
자꾸 우기시는 왕국화원 천 씨

덜 채워진 지혜와 영혼을 비교하면 누구나
영혼의 몫은 크고 지혜는 모자라서

희망을 자르는 것인지 꿈을 가꾸는 것인지

또 다른 밥

한국동란 직후 경찰관이셨던 아버지 따라
피난 후 이곳저곳 거처를 옮겨 자리잡은 京安
불빛 아득히 깜빡여 매달린 어둠 속
인적도 없는데 낯익은 발자욱 소리
야간 근무 나간 아버지 추운 제복에 밟힌다
몇 번인가 다시 봐도 마른 가랑잎 구르는
헛기침 소리만 들려와
내 생각 등대처럼 껌뻑일 때 바람에
안기어 넘어지던 키 큰 상수리나무 그림자
달빛도 없는 밤은 자꾸만 무서웠다
동짓날 밥상 둘레를 감싸던 자식들은
어둠속의 월식이었을까
어머니는 다섯 남매 밥그릇에
서글픈 모정만 퍼 담았다
멀건 죽으로 끼니를 때운 날 밤이면
화장실 가기가 무서워 밤새 참았던 유약함,
시간이 가고 또 시간이 가면서

나의 무능함을 알게 했던 자학이었다
고등학교를 갓 졸업한 여동생은
민속촌을 다녀온 후 병을 앓았다
병원 한번 데려가 보지 못하고
굿이며 푸닥거리로는 낫지 않았다
그 뒤 교회에 전념하셨던 어머니
돌아가시기까지 오랜 시간 기도했어도
치료의 소망은 이루지 못하셨다
내 손으로 돌볼 여유 없이 가난했지만
생각하면 마음을 쥐어뜯는 아픔
삶의 척박이야 무엇으로 위안이 되겠는가
오직 바라보는 것은 하나님뿐
그러나 내 집엔 아직도
오병이어의 기적은 일어나지 않았고
따뜻한 고뇌조차 목마른 삶에 지쳐
기구함이라면 천착의 한이 깊다
그 옛날 동짓날 아침

목메이던 팥죽 한 그릇
병든 자식 때문에 반생을 술에 의지했던 아버지
그 밥상머리에서 무능한 내가
또 다른 밥을 먹고 있네요

3부 분재

골똘함에 대하여

– 한 송이 장미를 위함

선잠 깨어나니 창 밖 가로등 불빛 사이
소리 없이 눈발 내려 잠든 세상 덮는다
희뿌연 하늘 경계 밖으로
버려지는 저 하얀 선율
수만 개의 현으로 가벼워져도
눈발 속에 젖고 있는 적막조차
새삼스럽게 견디는 노독은 아니지만
무엇으로 나를 다 말할 수 있겠느냐
잠든 옛길 안온정 골목 걸어 나와
시작된 만남을 두고 말하자면
덜어 낼 것 없었던 빠듯한 여유였을 뿐
생각을 접기엔 門을 열고 들어선 지 이미 오래
비좁은 통로 오가는 사람들 뒤편에서
언제나 낯설어 했던 세상일처럼
나를 멈칫거리게 했지만
이정을 돌아 다시 올 만남을 생각했다
눈발 속 가로수 키 큰 길에 영업용 택시 한 대

엉금거리며 지워질 눈길에 흔적 남기고 간다
저 서툰 운행처럼 시큰대는
발바닥으로 건너온 세상은
언제나 변두리였지만
늙은 청년이 비로소 간직한 만남은
누구에겐 억센 물음이 되고
가벼운 낙서가 되기도 한다지만
처음인 낯선 인연만으로라도
나를 골똘하게 만드는지 모른다
오래지 않아 곧 눈이 그치고 날이 밝겠지만
온밤 내 골똘함에 빠진 날은 꽃이 핀다
소중히 가꾼 마음 속 장미 한 송이 꺾어
눈 내리는 밤 그대에게 보내오니
부디 마음 가득 피워 보시길

부디 꿈속에서라도 그 구절 오래 기억하시길

꽃구경

팔달산 기슭 도청 후문 길
개나리 피고 곧 진달래, 지금은 벚꽃
가지마다 봄빛 툭툭 터져
봄이라고 맨 먼저 자리 깔고 앉는 상춘
사람들 겨우내 움츠렸던 삭막함 털어 댄다
길 오르기가 힘들었던지 노인들 몇
나무 아래 숨 고르고 앉아
한줄 햇볕이 긋고 가는 숲으로
앞서가는 사람들 마냥 바라보고 있다
바람도 없는데 만개한 꽃잎 하느작이며
노인의 어깨 위로 떨어져 다시 핀다 세월이란
저렇게 헐거운 시간에 매달리는 흔적 같아서
노인들도 조바심 내며 견뎠으리라
하늘 깊이 반쪽 낮달 소리 없이
구름 건너가고 부스럭이는 건 지상의 漫忽
버리고 싶을 때 쉽게 버릴 수 있다면 누군들
가장 가깝거나 아니면 가장 먼 곳까지

속절없이 헤매지는 않았으리라

나무 그림자 가리운 꽃잎 사이
플래시로 터지는 한 줄 햇볕
일 년에 한 번 호사스러운 봄이
풀어 놓은 꽃무더기와 종일 놀고 있다

저녁노을

여기서 보면 지상 한가득 엎질러진 노을
주저앉은 산 휘감아 지평 끝에 난만하다
저 빛의 진원은 말할 수 없지만
석양에 물든 나뭇잎 유리창에 출렁일 때
붉은빛 재 뒤집어 쓴 사람들도
결국 아리게 떠돌던 시간 덮고 누우리라
직원들 막 퇴근하고 텅빈 사무실
한참을 노을 덧입고 선
관악산 맨 꼭대기 통신탑 바라본다
저 교신이 하루 종일 실어 보냈을 이야기는
어느 하늘길 건너 사람들 마음에 사연으로 남았을까
몸속을 흐르는 명리의 접점을 생각했다
생각의 반대편으로만 흘렀던 내 생애도
겨우 오늘 하루를 당겼다 놓으면서
어느덧 이순을 눈앞에 두고 있던가
저무는 것은 한날의 어스름이 아니라
멈출 줄 모르고 밀리기만 했던 삶,

잡아당겨 봐도 꿈쩍도 안 했던 이적은
빈약한 내 공양으로는 끌어낼 수 없었다
다만 한날이 가고 또 한 날이 가도
끌어당기면 지척일 것 같은 하늘 구만리,
오늘 더 붉게 노을 번져
일렁일렁 이 땅을 빠져나가는
험한 세월 폭풍으로 밀려들고
긴 서식의 一生 붉게 써 놓은 듯
노을은 제 풍경 속으로 한 겹 노을
더 휘감아 지평 너머까지 붉다

계단

시계탑이 올려다 뵈는 계단을 오르다
나는 문득 시간 속에 웅크리고 앉은 가을을 본다
회양목 길게 심기운 화단 곁 의자에서
무슨 이야긴지 나누고 있는 노인들 몇
저들은 얼마의 높이까지 올라와
삶의 계단을 헤이고 있는 걸까
쉬임 없이 계속된 보행은 가을까지 시간을 밀어 올리고
붉게 타오르기 시작한 나무 아래 주저앉아
흘러내린 가지 사이 빈 공허만 어루만진다
젊은날 퇴근길 빵집에서 새어 나오던
구수한 냄새 같은 가을에 취하기도 했었지만
그러나 모든 허울도 진실에 길들어 지는 것,
생애를 씨줄과 날줄로 엮어 수놓는다면
시간은 엄격했어도 누군들 망설여지는 것
이미 수많은 사람들 이 계단 올랐어도
누군가 또다시 이 길을 오르는 것은
확실한 보장이 있어서가 아니라

피할 수 없는 운명에서라는 것을 안다
내가 내 가족으로 인해 망설였던
몸서리나는 사연을 말한다면 어리석음이지만
그것은 결국 種의 빈약일 뿐
이생에 기록된 전생의 약점이지는 않았다
계단 위쪽에서 우루루 굴러 내리는 바람
한켠에 물러나 피어난 가을꽃에 성기고
나 망연히 되돌아 본 삶 가마득한 계단 아래
붉은 불 뒤집어쓴 단풍나무 횃불로 타는 자리
누군가 열심히 따라 오르는 것을 본다
잠깐씩 빛났다 타오르는 점멸의
저 시계탑이 읽어 가는 시간처럼

겨울비

내일이 소한인데 새벽녘 내리던 눈이
비가 되어 스산하게 길 위를 흩뿌린다
첫 일월을 기상 난동으로 시작한 새 세기 들어
사람들은 비 내리는 세상이 더욱 춥다
잡아당기면 금세 끌려 나와
달려 나가는 철부지같이
그렇게 훌쩍 제 한 몸 짐으로 꾸려 들고
길 나선 아우는 어느 곳에서
사십 초반에 잃은 실업 견디고 있을까
그가 몸 허물어 견디고 있는 시간이
짐짓 빗발 속으로 섞이는데
겨울비에 닫혀 버린 나는
나무 꼭대기 까치집에 내려앉은 한 줌의
침묵에도 목이 마르다
다만 벗을 것조차 없는 나무들의
뾰족한 정신 앞에 무너진 저 함성,
낮은 먹구름 속으로 꽂히는데

빗발 속으로 흐르던 길 문득 지워져
이미 흠뻑 젖은 몸으로는
한 발짝도 더 내디딜 수 없었다

길과 나그네

길은 능선을 비껴 돌아
산 아래 굽이진 강으로 이어져 있다
안개에 부르튼 숲을 등지고 빠져나와
시야 가득 마주친 경계
언제나 더듬거렸던 세속에서의 막막함이었다
한 순간을 아리게 하는 눈부신 우연보다
지녀야 할 당당함이 저리 흐르는 걸까
뒤쳐진 시간이 버석이며 나의
또 다른 일정을 만들고
길은 멍하게 마음의 벽을 친다
허기진 세상을 지탱해 온 상상도
한 생애 이우는 욕망이었을 뿐
이미 길 나섰으므로
다다를 낙원의 안식은 어딘가
간밤에 묵었던 허름한 여인숙에서
펼쳐 보았던 지도를 놓고
어디에도 오를 길 없는 낙원

그 언저리만 어슬렁거리며
지나 온 내 일생만 반추했었다
그러나 멈출 수 없는
저 등고의 막바지까지 길은 있고
멈출 수 없는 이유가 거기에 있다

목단연립

족히 삼십년은 넘었을 건물 화단에
요즈음엔 보기 드문 채송화 피어 있다
확신할 수 없는 도회지에서의 삶을 가꾸듯
누군가 정성스레 피워 놓았는지
햇살이 채색하는 무늬가 꽃잎 같다
아까부터 사람들 몇 하릴없이 잡담이다
온 종일 제 일거리 더듬거리는 사람들과
일 없이 빈둥대는 사람들과의 간격은
도무지 알 수 없는 먼 거리겠지만
오랜 시간 제자리에서 낡아 가는 집과
정신의 짐 속에서 용해되어 가는
저들의 삶도 결국 사라지는 것은 진배없겠지만
겨우 이끌어 낸 경작으로 저녁을 맞고
시간 많을 때 더 견디기 힘든 노역의
내일을 조바심 했다
시간이 가라앉은 자리는 흔적 없고
밑 빠진 시간을 채우는 건

누군가의 일생일 뿐
의기양양한 하나님의 통장은
얼마만큼의 기쁨을 적립한 것일까
그 당당한 오만에 기죽어 사는
이 땅의 사람들은 말이 없고 밤이 되면
벽을 타고 흘러내리는 신음 소리, 그렇게라도
숨을 수 있다는 것은 너무 간편하다
한 시절 채송화도 이내 사라질 테지만
사람들은 소문도 없이 이사 가고
또 누군가 이사를 온다

盆栽 2

너는 원래 성한 몸이었다
완벽한 팔 다리와 균형 있게 발달한 몸,
너무 완벽해서 잔인한 실험에 뽑혔던지
등은 구부러지고 일부는 잘려 나갔다
살갗 찔러 꿰맨 발등은 밤새 아팠고
뿌리에서 새어나간 녹색의 줄기들은
전신을 낮추며 낮추며
제자리에 주저앉아야 했다
이런 몸이라도 피고 지워
수반 위에 담아 키운 모진 세월
불구의 몸 견디며
가만가만 피워 낸 새파란 상처여
네가 피고 지운 아픔조차
속마음 깊이 영글어 마침내 거기 아름답구나

장마

유난히 긴 장마가 때맞추어 닥친 태풍에 섞여
여기저기 깊은 수해의 상처를 남겼다
문명이 뭉개 버린 山天의 되갚음을
기상이변이라 변명했던가
산자락 송두리째 뒤집어 세운 아파트 단지
몇 푼 보상에 터를 떠난 사람들의
웅성거림처럼 빗줄기 질척이고
안락함을 덧칠한 뿌연 수은등
장대비 속에서도 오만하다

수그러들지 않는 장맛비에
잠들지 못하는 사람들의
노심초사가 애끓는 이주지
마당 끝 잘잘거리며 흐르던 맑은 도랑과
밤나무 밑 평상에 눕던 휴식
한 번의 폭우 견디지 못하고 사라진 빈자리
살가웠던 이웃들의 남루가 범람한다

누대를 견디어 온 가계의 집성이
저처럼 맥없는 것이라면
우리네 삶의 이력이야 말한들 무엇하랴
사는 일이 물막이 같이 버거운 것이라면
어떤 댐을 막고 장벽을 쌓아야
홍수 저 내리는 세월의 강을 견딜 수 있을지
내 삶은 지금 어설픈 복구의 삽질이라도 간절하다

가을 숲

아침이나 저녁이면 벌써 쌀쌀함이 불쑥
창문으로 얼굴을 디밀었고
바람은 느티나무나 은행나무에 올라 앉아
여름내 햇살에 익은 잎새를 파먹고 있다
노인들은 상가 건물 귀퉁이에 있는
약국 출입이 잦아졌다
가을 깊어진 이 저녁이면
사람들 저마다의 사연을 덮고 잠들었다
늦은 밤 귀가 길에 보면
꽃으로 핀 아파트 창문 몇
긴장으로 매달려 하늘가에 피었다
그렇게 꿈은 여러 번 뒤집히고
엉키는 집착이어야 하는지
거대한 골조 아래 파묻혀 있다
다만 우리를 지상에서 밀어 내려는 세월에
등 떠밀려 더 깊은 숲 속을 헤맨
그런 날 아침이면 왠지 나는
오래도록 등이 아팠다

冬栢

꽃은 아직 다 피지도 않았는데
벌써 며칠째 바람은 문 밖에 술렁인다
희미하게 창문 밝히는 새들은
다다를 수 있는 높이까지
생을 찔러 넣고 자지러진다
거기 허공 속에도 푸른 동맥 세워
힘차게 밀어 오는 길 있다면
누가 그 길 저어 오는지
나를 휘젓고 가는 생각들도
붉게 멍들어 저렇게 핀다

갈채

달빛 밝은 어느 가을 밤
언뜻 부는 바람에
살포시 구르는 낙엽의 바삭임
어떤 고전보다 정교한 선율에
내가 바삭여 잠 못 드는 밤
고요의 숨통을 물고
은밀히 스며드는
그 빌어먹을 갈망

늦서리 내린 창가에서
시린 촉각 비벼
우는 풀벌레 소리
바람에 묻어 어디론가
날아가 버려 텅빈
그 빌어먹을 적막

그러나 날이 밝으면

회색빛 담장을 타고 넘는
나의 불면이 뿌연 새벽 속에
고양이처럼 웅크리고 있을
그 빌어먹을 허기

갈채란 필경 그런 것

봄의 入口

봄이라고 아직은 차가운 발걸음
지난겨울 되뇌이는데
간간이 지나는 바람에
문 열고 내다보는 세상은
이천구 년 힘겨운 불황의 시간
시간은 순간으로 흐른다지만
사람들의 순간은 잠시가 아닌
살아 있는 一生 전부이리라
계절이 바뀌고 또 몸이 자라는 동안
우리가 애써 키워 내려 한 꽃들이
무슨 색깔의 희망일지 누군들 알았겠는가
다만 한 모근에서 자라난 뿌리이기에
나도 그런 부모가 되어
봄을 기다리는 아이들에게
향기로운 꽃이 되고 싶었을 뿐
겨울 눈밭 속 외진 나무로 자랐던
내 생애로 키우고 싶지 않았다

나는 세월이 밀고 오는 시간들이
나뭇가지에 파랗게 매달려 피어나듯
남풍 바람이 밀어낸 겨울 뒤미쳐
연분홍 치마로 갈아입은 산자락에서
봄으로 자라는 아이들을 보고 싶었다
그러나 꿈은 아직 봄에 이르지 못한 겨울 근처
이천구 년 봄의 입구에는
세상의 뜰이 형형의 꽃들도 피어나길
기다리는 막연한 사람들로 가득하다

4부 도서관

가을길

나를 들뜨게 했던 두근거림만으로는
읽으려 해도 읽혀지지 않는 속내를 두고
너는 잠시 함께 있자고 했으나
생각만으로는 짐작할 수 없는 사랑이란 게
말하기는 쉽더라도
늙은 고백처럼 듣기는 더욱 힘든 것
여기 오기까지 들뜬 밤도 많았지만
함께 취했던 불빛 흐린 주점에서
부둥켜안던 뜨거운 가슴처럼
가정의 한계는 이제 말하지 말자
여름에서 가을로 가는 길은 분주하지만
아무도 기억할 수 없는 곳까지
이어진 새로운 길 있어
망설임 없이 그 길에 들어 네 손잡으면
출발조차 허튼 일탈이 아니리라
어느새 어둑한 벌판 끝 희뿌연 하늘가엔
몇 마리 푸른 새들 날아오르고

조금 늦었더라도 길 나서야 한다
행복할 때 행복할 수 없다면
사랑은 공허한 상처일 뿐
올해도 길은 분주하지만
느리게 타 오르는 붉은 빛 나뭇가지
아린 풍경으로 치켜세운 가을 길은
비로소 함께 갈 네가 있어
외롭지 않으니

안부

말년에는 병든 딸 때문에 술로 세월 보내셨던 아버지
아픈 마음이야 술로 씻을 수 없었을 테지만
잊고자 했던 세월 이기지 못하고
철쭉 한창 붉게 익은 오월
불러도 대답지 못하는 삼도내 건너셨다
다시는 건너지 못할 경계 밖으로 보내드릴 때
겨우 삼베옷 한 겹 입혀 보내드렸으나
거기서 눈뜨시니 한세상 에움길이 한낮 꿈이었다고
금테 안경 중절모 멋있게 쓰고
황해남도 연백군 해성면 무릉리
생전에 그리 가보고 싶어 했던 고향집 찾아
불과 여섯 살 때 돌아가신 선친 묘소 찾아
너무 늦게 왔노라고 눈물 흘리시는지 몰라
아니면 어떤 사람들 불러 낮술 한잔 하시는지
할 말 많은 어머니는 술자리 피해 교회 가셨나요
안도 아니고 밖도 아닌 난감한 경계에 서서
배경뒤로 흘러보낸 시간의 좌표 읽다 보면

목마름 씻는 강 노을 풍경 너머
겨우 목민의 명부로 누운 달동네 공동묘지
두분 묘 앞에 서면 자꾸 울음 번져 나와
이 배경으로는 도저히 자리 뜰 수 없어
안부라도 되묻는 못난 자식일 뿐

하늘집

소슬 바람 부는 저녁 산책길
바라보면 지척인 듯 초이레 눈썹달
무슨 유랑일까 하늘 길 간다
높게 배회하는 저 구도의 길
오만 가지 잡다한 중생으로는
득도의 입구도 찾을 수 없고
수북하게 쌓이기만 하는 일상도
다 읽어보지 못한 미지의 경전일 뿐
가늠되지 않는 길로 나를 내몬다
아무도 해독할 수 없는 그 길이
은하 건너 하늘 집으로 이어진다면
몇 해 전 돌아가신 어머니
새벽을 적시던 눈물이
돌아갈 집에 쌓는 보석이었을까
그곳 집에 기다리는 누구 있어
한 겹 수의로 갈아입으시고
총총히 그 길 가셨는지

산다는 게 미처 읽어보지 못하고 덮는
경전이라면 아무것도 가질 수 없는 세상에서
나는 얼마나 발버둥쳤던가
달무리 곱게 뜬 희뿌연 하늘가
돌아간 옛집에서 어머니
지금은 무슨 기도를 그리 하시나요

그리운 과수원

사월이면 월동의 여백 밀고 나온
배꽃의 하얀 고백 시작 된다
이명으로 울리는 순결한 아우성은
위안 받지 못했던 기다림였을까
전정으로 뭉뚝 잘린 가지는
버리고자 했으나 다시 얻은 새눈을 뜨고
외경이 바꾸는 꽃 안의 말들
묵상으로 제 몸 두드린다
자식들로는 一生을 위안 받지 못했던 생전의 아버지
평범에도 이르지 못하는 무지로 사셨으나
세상엔 지독하게 결백하셨다
소주 몇 잔에 속 쓰린 새벽이면
동트는 새벽하늘 한 사발 떠 마시고
가문 해 벌레 먹은 배처럼 병든
딸년 치레로 늘 서둘렀던 손길
우수수 바람 지나가는 과목 사이
주섬주섬 꽃눈 따는 손길 보인다

나는 오래도록 과목 밑에 주저앉아
하늘 뿌옇게 다그쳐 가는 봄비
그 징그러운 감성의 등성이에 올라
희디 흰 결백의 꽃밭으로
꽃 다듬으러 오시는 이 행여
사월 배꽃 같던 그리운 아버지 아닌지
오래도록 바라보고 있다

봄맞이

겨우내 묵었던 텃밭을 손질한다
둠벙이 있는 골은 완강한 바람의 터널이었다
벌판 가득 눈발 몰려들면 마른 풀들
일제히 소름을 날카롭게 일으켜 세웠었다
경칩 지나자 둠벙 언저리에서 밭두렁으로
상쾌한 생명들 퍼질러 앉기 시작한다
나지막한 노래로 시작하는 저 오래된 순례
그 싱거운 연주는 짧게 끝나겠지만
나는 기억하지 않아도 되는 길에 들어
한 무더기 꽃들의 난무를 탐한다
혼자 뜨거워져서 몰래 남겼던 약속 있었듯
누구에게 보내는 소식인지
수줍은 듯 파랗게 꺼내 놓는 저 고백
둑방 밑에 맨몸 내놓고 은밀하다
다만 세월이 가공시킨 저마다의 사연이
불공평하다고 늘 투정만 했던 나는
누군가 기다리는 법을 더 배우기로 한다

울타리 너머로 아이들 재잘거리고
어느새 노란 개나리 까르르 폈다

염전에서 만난 사람

성남 어디선가 벌였던 노점 걷어치우고
한동안 노숙 생활로 떠돌다 이곳에 왔다는 송 씨
몸을 밑천 삼아도 껍질 벗겨진
마음은 소금밭 같다며
삐걱이는 수차에 올라 한 발 한 발 내 딛는다
이렇게 사는 것이 자신에 대한 다그침이라고
땀내 나는 수건으로 지친 발자국 여미어 보지만
지팡이 없이 지나온 세상 길이
더 쓰리고 아팠다고
흘리는 쓴 웃음이
지느러미같이 파르르 떤다

아득히 어두워 오는 바닷가에 갈매기들
뉘엿뉘엿 몇 개의 낮은 음표로 날아들고
먼 포구의 불빛 젓가락 장단처럼 흘러와
나누어 마시는 소주잔 속에
반짝이며 내려앉는다

저 여자의 초상

길 건너 역사 지붕 위에는
나 어린 여배우의 야한 웃음이
전광판으로 집전되어 하얗게 떠다닌다
수원역 지나 화서동 가는 길
회색의 엇긴 담장 끝 처마 낮은 집에
붉은 드레스 입고 서서 너는
저녁 비에 축축이 젖어 흐르는
사람들 발길이나 깁고 있더냐
너를 거쳐 간 우울한 사내들이
압살된 한 장의 꿈으로 편집되어
형형으로 유리창에 얼룩진다
자줏빛 꿈속에 웅크린 남루한 작은 새여
네 사랑, 모두 잊는단들
저처럼 홍수져 흐르는 불빛이 잘라 낸
어둠의 단애처럼 다 내보일 수 있겠느냐
어쩌다 조금씩 젖었던 발이
가다 보니 어느새 흙탕물에 다 젖어

이젠 가릴 것도 없이 텀벙텀벙
진흙 세상 건너게 되었던
그 아픈 사연을

가로등

아주 오랜 습관처럼
맨살로 엉겨 붙는 생애를 본다
벌겋게 발기한 몸 일으켜 세워
어둠 깊숙이 들이밀고 산란한다
제 키만큼의 높이로 흘러가는 길
저 흐릿한 밤의 이정을 건너
집으로 배달되는 사람들
몸뚱이 속에 웅크렸던 꿈이 겨우 환하다
지워진 지상의 한쪽을 더듬어 세운 이 길이
어둠 속에 붉은 날개를 펴 떠다닌다
저 풍경 속에 너 희미한 추억으로 서 있다
딛고 선 밑바닥 거기
아직 엉겅퀴 몇 그루 숨어 핀단들
나를 버렸거나 버림받게 했던
만남은 무엇을 위해서였을까
그러나 아직 뜨거움이 남아 있는 너를
읽을 수 없게 희미해진 과거로

오래 켜 둘 수 있다면
거기 내가 더 오래 켜지고 싶었다

집에 대하여

상가 건물 옥상 십자가탑에
언제부터인지 까치가 집을 지었다
집지을 곳이 마땅치 않아서였을 테지만
어미조차 나무 둥지에서 부화되지 않아
저리 의외인 곳에서도
둥지 틀고 사는 법을 배운 것일까
오늘 난마의 하늘 길 얽어 맨
까치의 치열한 몰두를 본다
저런 몰두도 결국 삶에서는
한 토막 세상 이야기일 뿐
옥상 십자탑 철 구조물에 지은 까치집의
우연에 대해 말할 수는 없는 것
한 생을 맞고 보내는 동안
집이란 우리에게 저 까치의 애씀보다
무엇으로 더 소중한가
마침내 꽃송이 활짝 터트림같이
오늘 밤 까치집 위를 흐르는 살별

어느 별 문패로 지키며 살다
제 삶의 굴헐로 숨는 것일까
철탑 위의 까치집은
어둠 속에서도 황옥처럼 환하다

도서관

책 속에 허기 메울 길 있다고
이른 시간 열람 순서 기다리는 사람들
도서관 앞에 줄지어 섰다
나는 저들을 옥죄는 무거움 알겠지만
짐작이란 어디까지나 예측일 뿐
사람들의 사정이란 각기 다른 것이리라
다만 책을 접하기 어려웠던 시절
부모가 베풀지 못했던 풍요의 밥상을
넌덜머리의 아픈 상처로 기억하는 나는
호롱불 그림자에 졸음조차 얼룩지던
낡은 책이 내 삶의 헌장이었다
생각하면 무지몽매로 한번도
빛내 보지 못한 生의 결과가 부끄럽지만
도서관 앞 나무들 햇살 무늬로 빛나는
초록잎 흔들어 바람 모을 때면
불현듯 어린 날 꿈, 나를 걸어 나와
고뇌의 흔적으로 가위 눌리면

검붉은 신열 내 몸의
수위 아래서 머리 들었다 놓는다
지금 행간 속에 머리 구겨 넣고
삼매경에 든 저들의 몰두도 끝내는
나른함 속에 넘겨지는 시간에 기울겠지만
누구는 졸거나 잠깐씩 엎드려 자더라도
들끓는 머릿속은 터득의 용광로 뜨거워
들어서면 생각조차 맑아지는 세상
거기 있다면 다가올 생애 두렵지 않겠네

6월

달력을 들추면 가즈런한 시간의 나열
딛고 오르면 계단 중간쯤
햇살 머금은 난초 다발 무성하지만
때 이른 장맛비 푸른 하늘 허물어 뿌리니
꾸려 넣어도 가두어 지지 않는 생각만 분주하다
점심 식사를 끝낸 한가한 시간
창밖 시야에 걸린 새 몇 마리
소스라치게 깨어난 묵상인 듯
몇 길 허공으로 솟구친다
저들의 경험은 몇 길 허공을 핥는 일이
고작이겠지만 모든 일에 예외는 있어서
몸이 견디는 시간의 한계는
시작과 끝을 구분하는 증거로는 애매하다
내 눈으로는 하늘과 땅이 만나는 지점보다 멀리에서
순간에 나타났다 사라지는 착시의 방점
그 지점을 횡단하는 분주한 발길도
때로는 누추할 때가 있는 것이라서

오래 되었으나 여전히 새로운 치장처럼

아주 경이로운 누각 저렇게 세우고 있나니

오리

농가를 개조한 허름한 식당에 든다
마당 한켠 비닐하우스로 지은 사육장에
먹이를 찾는지 오리들 넓적한 주둥일
땅에 박고 이리저리 몰려다닌다
생각하면 사람들 모두 누군가에 의해
잠시 사육되고 있는 것은 아닐까
저들이 울 밖의 관찰자인 나를 모르듯
나 또한 이 세상 둘러막은 울 밖에서
나를 보고 있을 관찰자를 모른다
다만 비상하기에 이미 쓸모없어진
오리의 작은 죽지처럼
퇴화한 생의 부위조차 나는
완전함으로 알고 살지 않았던가
지금 식당 한 귀퉁이에 쭈그리고 앉아
허기진 배 채우는 숟가락질이 마치
날고자 했으나 푸득이기만 했던
생의 작은 죽지 아닐까

제 한 몸 밀고 갈 수로 잃은 오리들
뒤뚱거리며 맴도는 세상길이
아직 좁은 우리 안에 있는 것처럼

손으로 찬양하는 사람들

― 농아찬양단을 기림

소리가 없어도 들려오는 아름다운 찬송이
손끝에서 쏟아져 내려 나를 향한다
때론 간절하게 또는 애틋하게 되풀이해서
하늘 꼭대기 먼 곳까지 건너간다
감미롭게 노래 부르는 저 손가락으로
침묵의 장벽에 눌러 쓴 계명 다 읽으면
들리지 않아도 박수 소리 별로 흘러와
내 마음 한켠에 반짝이다가
가시처럼 뾰족 선 세월 휘감아 눕힌다
듣지 못해도 들을 수 있는 귀를 열어
손끝으로 빚어내는 영혼의 소리
말하지 못해도 더 크게 울리는 감동이
크게 크게 부끄러운 나를 두드리는데
영혼 깊은 곳에서 들려오는 박수 소리
저렇게 손 끝에서 파랑 지어 흐르는 것을
나는 무딘 손으로 한 소절씩 한 소절씩
부끄러운 마음속에 자꾸 주워 담고 있다

난마亂麻의 길과 미지의 시간
— 김동수의 시

오형엽

(문학평론가, 수원대 교수)

김동수 시의 기본 모티프는 '길' 이다. 과거에 대한 기억과 회한, 현재에 대한 성찰과 각성, 미래에 대한 예감과 다짐 등으로 점철되어 있는 그의 시는 '인생의 여정'을 형상화한다. 그런데 이 여정은 선험적으로 정해진 반듯한 길 위의 여행이 아니라, 예측 불허의 우연과 고통과 고난이 돌출하는 난마亂麻의 길을 가는 유랑이다. 뒤얽힌 삼가닥처럼 복잡하고 어지러운 인생의 여정에서 시인은 질문과 회의를 반복하며 쉬지 않고 걸어 온 것처럼 보인다.

낯선 길의 여정은 알려지지 않았다

한달음에 치달릴 것 같았던 거리의 아득함에

머뭇거리다 반평생 허기진 解悟

그 몰입은 초반도 알지 못하는 미지로 남았다

타고 난 어리석음이야 들추어 본단들

얼굴 붉어지는 쑥스러움뿐이겠지만

낮달처럼 희미하기만 했던 차라리

들키지 않아서 좋은 행적이기도 했다

더러는 내 노정을 가로막았던 사변들

겨운 분노 삭인지 오래지만

끝내 지워버리지 못한 두려운 잔상으로

중독되어 시간 속에 갇혀 있다

이 중독이 훼손시킨 아픔은

명부의 한 줄 슬픔으로 남아

보일 듯 보이지 않아서

궁금해질 때마다 아뜩한 나와의 마주침,

마주친 시간 너무 짧아

내 안에서만 범람하는 풍랑

잔잔해질 때까지 바라보아야만 하는지

— 「중독」 전문

인생의 여정은 낯설고 아득하다. 화자는 아마 이 길 위에서 머뭇거리며 반평생의 세월을 보내고 어떤 깨달음을 얻은 듯하다. 그러나 이 각성의 집중력은 오래 가지 못하고 미지의 여운만을 남긴다. "낮달"로 비유된 자신의 생의 "행적"은 스스로 돌아보기에 "어리석"고 "쑥쓰러"운 것이며, "희미하"고 "들키지 않아서 좋은" 것이기도 하다. 인생의 여정을 가로막는 장애물로 작용하는 것은 고난과 고통의 외부 현실뿐만이 아니라, "사변"과 "분노"라는 내면의식의 소용돌이이기도 하다. 이 내면의식은 "끝내 지워버리지 못한 두려운 잔상"이 되어 "중독"의 양상으로까지 전이되는 듯하다. 지나온 생의 행로에 대한 회한과 반성이 "사변"과 "분노"의 잔상인 "중독"의 정체인 것처럼 보이는데, 이 "중독"이 "아픔"과 "슬픔"을 낳는다. 그러나 이 "중독"의 "아픔"과 "슬픔"은 "나와의 마주침", 즉 자기 정체성의 확인과 성찰을 동반한다. 김동수 시의 근간을 이루는 자기 정체성의 확인 및 내면 성찰은 아버지와 어머니를 비롯한 가족사에 대한 기억과도 밀접히 관련되어 있다.

간밤내 참방이며 내리던 비 어느덧
신발 끄는 소리는 댓돌 위에 벗어놓고 가고

봄은 땅 속으로 녹아 들어간
생명들을 하나씩 꺼내어 풀어 놓는다
파랗게 불타 오른 쑥부쟁이, 냉이들이
여기 저기 햇살 속에 뒤집힌다
자식 다섯이라도 볼품없는 소지품같다며
한사발 소주로 요란해진 아버지
사월로 건너가는 햇살파도 속에
남루한 낮달처럼 걸쳐 있다
숨어 있는 것은 숨은 대로 두고라도
머지않아 여기저기 넘칠 봄꽃
손에 잡힐 듯 빠른 세월 곁에만 핀다
저 궁극의 몰락이 피우려는 꽃들도
쉬이 벌레들의 집성으로 요란할텐데
아버지, 위도 북쪽으로 퍼져가는
푸른 빛 벌판에 서서
손때 묻은 생애를 들고
애써 눈물 감추지 않았다

－「아버지의 봄맞이」 전문

　이 시는 화자가 아버지의 생전 모습을 기억하고 묘사
하는 작품이다. 비 내린 후 봄은 생명들을 풀어놓아 "쑥

부쟁이"와 "냉이"가 "파랗게 불타 오른"다. 생동하는 봄
의 햇살 속에서 "아버지"는 "남루한 낮달"로 비유되고 있
다. "자식 다섯이라도 볼품없는 소지품같다며/한사발 소
주로 요란"한 모습으로 비추어, "아버지"는 자식 걱정으
로 고단한 삶을 사신 듯하다. 화자는 "손에 잡힐 듯 빠른
세월" "곁에서" "머지않아 여기저기 넘칠 봄꽃"을 예감
한다. 그런데 "숨어 있는 것은 숨은 대로 두고라도"라는
문장은 무엇을 의미하는 것일까? 이것은 아마 봄꽃처럼
화사하게 드러나지 않은 존재들을 지칭하는 동시에, 보일
듯 보이지 않는 "낮달"의 모습과도 연관되는 듯하다. 따
라서 이것은 "남루한 낮달"로 비유된 "아버지"의 "손때
묻은 생애"를 암시하는 듯하다. 화자에게 있어 아버지가
"낮달"로 비유된다면, 어머니는 "눈섭달"와 더불어 연상
되고 있다.

> 소슬 바람 부는 저녁 산책길
> 바라보면 지척인 듯 초이레 눈섭달
> 무슨 유랑일까 하늘 길 간다
> 높게 배회하는 저 구도의 길
> 오만가지 잡다한 중생으로는
> 득도의 입구도 찾을 수 없고

수북하게 쌓이기만 하는 일상도

다 읽어보지 못한 미지의 경전일 뿐

가늠되지 않는 길로 나를 내몬다

아무도 해독할 수 없는 그 길이

은하 건너 하늘 집으로 이어진다면

몇해전 돌아가신 어머니

새벽을 적시던 눈물이

돌아갈 집에 쌓는 보석이었을까

그곳 집에 기다리는 누구 있어

한 겹 수의로 갈아 입으시고

총총히 그 길 가셨는지

산다는 게 미처 읽어보지 못하고 덮는

경전이라면 아무것도 가질 수 없는 세상에서

나는 얼마나 발버둥 쳤던가

달무리 곱게 뜬 희뿌연 하늘가

돌아간 옛 집에서 어머니

지금은 무슨 기도를 그리 하시나요

— 「하늘 집」 부분

화자는 "초이레 눈섭달"을 바라보며 "하늘 길"을 가는 "유랑"을 떠올린다. 이 "유랑"은 정처 없는 "배회"이지만 궁극적 진리를 찾아가는 "구도의 길"이기도 하다. "잡다한 중생"에게는 "득도의 입구도 찾을 수 없고", "일상"도 "미지의 경전일 뿐"이지만, 화자를 그 길로 이끄는 것은 "눈섭달"이다. 따라서 "눈섭달"은 미지의 세계를 향해 유랑하는 화자의 모습을 담고 있는 동시에, 그 길을 먼저 가신 "어머니"의 분신이기도 하다. 그리고 어머니의 "새벽을 적시던 눈물"이 "돌아갈 집에 쌓는 보석"이라면, '눈물'은 '별'의 이미지로 제시된다고 볼 수 있을 것이다.

여기서 우리는 「아버지의 봄맞이」와 「하늘 집」에서 각각 "낮달"과 "눈섭달"이 중심 이미지로 등장하지만, "꽃"과 "별"도 중요한 이미지로서 형상화되고 있음을 주목할 필요가 있다. 가족사에 대한 기억과 관련되어 있는 김동수 시의 자기 정체성 확인 및 내면 성찰은 '꽃'과 '별'의 이미지를 통해 이상적 가치를 향한 열망과 염원으로 전개되는 듯하다.

> 꽃은 아직 다 피지도 않았는데
> 벌써 며칠째 바람은 문 밖에 술렁인다
> 희미하게 창문 밝히는 새들은
> 다다를 수 있는 높이까지
> 생을 찔러 넣고 자지러진다

거기 허공 속에도 푸른 동맥 세워

힘차게 밀어 오는 길 있다면

누가 그 길 저어 오는지

나를 휘젖고 가는 생각들도

붉게 멍들어 저렇게 핀다

—「冬栢」전문

    화자는 "바람"과 "새"의 역동성을 빌어 "아직 다 피지도 않"은 동백꽃의 모습에 정신적 추구의 의미를 부여한다. 동백꽃을 둘러싸고 "술렁"이는 "바람"과, "다다를 수 있는 높이까지/생을 찔러 넣"는 "새들"은 "허공 속"에서 "힘차게 밀어 오는 길"을 예비하는 존재이다. 이 길을 밀고 올라가는 존재는 다름아닌 "푸른 동맥 세워" "저어 오는" 동백이다. 화자는 자신의 내면에 소용돌이치는 "생각들"도 "붉게 멍들어" 동백처럼 피어난다고 묘사한다. 길 없는 허공에 길을 내며 밀고 올라가는 동백꽃은, 김동수 시인이 난마처럼 얽힌 현실의 길 위에서 궁극적 가치를 추구하는 정신적 지향의 상징이라고 볼 수 있다.

    이처럼 김동수의 시의 기본 모티프인 '길'은 난마의 인생 여정에서 가족에 대한 기억을 통해 자기 정체성을 확인하고 내면을 성찰하는 양상과 관련되며, '꽃'과 '별'

의 이미지로 대표되는 이상적 가치를 향한 정신적 추구로
도 전개된다. 김동수의 시세계에 좀더 심층적으로 접근하
기 위해서, 우리는 '꽃' 과 '별' 의 이미지와 더불어 '길'
의 모티프 속에 내재된 '시간' 의 작용에 대해서도 살펴볼
필요가 있다.

마음에 없는 말로 그를 돌려보내고
어둠 흘러가는 골목 내려다보고 있다
포기하기에도 이미 늦은 긍지만으로
혼자 견뎌야 하는 시간들은
이내 사라지는 흔적일 뿐이라고 일렀지만
넘을 수 없는 마음의 벽 혼자 세워두고
어리석음 깨닫지 못하는 미련한 오만
그 소용돌이 속으로 밀려들어 더 소란한 바깥,
아무리 올려다보려도 볼 수 없는 그 너머
은하의 한쪽을 치고 사라지는 살별 아득해서
애초부터 어긋난 지상의 계획들은
아무도 기억할 수 없도록 계시된 것,
제 몫조차 서러운 착란은 세간의 일조차 헝클어
어둠 붉게 태워 가르는 십자탑 거기까지
무릎으로 기어오르려는 간절함!

누군들 마음 휘집는 서원만으로 이루었겠는가
텅빈 예배당 안 무릎 꿇고 앉으면
시간은 자꾸 벽으로 나를 떠밀고 그곳에
아직 누군가 못 박혀 폭풍우 치는 밤을
견디고 있는지 생각조차 벅차다

— 「벽」 전문

화자는 어둠이 흘러가는 골목을 내려다보며 사념에 잠
긴다. 현실적 상황 속에 개입되는 사념, 혹은 내면의식의
흐름은 주로 '시간'에 대한 사유와 결부되어 전개된다.
"포기하기에도 이미 늦은 긍지만으로/혼자 견뎌야 하는
시간들"은 아마 세태의 흐름과 거리를 두고 정신적 염결
성을 지키는 태도를 의미하는 듯하다. 그러나 한편 화자
는 이러한 태도를 스스로 "마음의 벽 혼자 세워두고/어리
석음 깨닫지 못하는 미련한 오만"이라고 자책하고 반성
한다. 이러한 내면의 갈등으로 인해 "소용돌이 속으로 밀
려들어" 바깥은 더 소란해진다. 내면의 소용돌이와 외부
현실의 소란 가운데 화자는 "은하의 한쪽을 치고 사라지
는 살별"을 바라본다. 이제 화자의 시선은 집안과 골목의
경계라는 수평적 관점에서 하늘과 지상의 경계라는 수직
적 관점으로 이동한다.

화자는 "은하"와 "별"의 시선으로 내려다보며, "어긋난 지상의 계획들은/아무도 기억할 수 없도록 계시된 것"이라고 생각한다. 여기서 "착란"이 의미하는 것은 아마 "지상의 계획"과 '천상의 계시' 사이의 시차視差일 것이다. 이 착란은 "제 몫조차 서러운" 것이지만, "십자탑"까지 "무릎으로 기어오르려는 간절함"을 동반한다. "어둠 붉게 태워 가르는" "십자탑"의 이미지는 김동수 시인이 불행과 고난과 역경의 인생 여정 속에서 끝내 포기하지 않고 추구하는 정신적 이상理想을 상징한다. 인생 여정이라는 난마의 길 위에서 "십자탑"을 염원하며 "무릎으로 기어오르려는 간절함"은 김동수 시의식의 지향점을 잘 보여준다. 그런데 화자는 "서원"만으로 도달할 수 없는 이 추구의 지난함을 "시간은 자꾸 벽으로 나를 떠"민다는 표현으로 제시한다. 여기서 우리가 주목하는 것은 전반부에 제시된 "혼자 세워"둔 "마음의 벽" 또한 "혼자 견뎌야 하는 시간들"과 관련된다는 점이다. 김동수 시의 표면적 모티프인 '길'이 난마의 인생 여정에서 십자탑을 향해 걸어가는 정신적 추구를 보여 준다면, 그 속에 내재된 심층적 모티프는 '시간'의 작용과 그것에 대응하는 시의식이라고 볼 수 있을 것이다.

겨울을 향해 느리게 진행되던 낙엽이

어느 새 산 중턱까지 한 줄 붉은 길을 냈다

어쩜 저리 고운 날개를 펼 수 있는지

외진 산길 발 끝에 엎고

십일월 접었다 펴는 저 나비떼,

이 겨울 어느 지층으로 퇴적되어

갈피마다 새 무늬로 삭아 갈까

운명이란 것도 알고 보면

수정될 때 미리 결정되기 마련인 것

세상의 가장이만 걸어 온 나도

저리 곱게 일생 물들일 수 있다면

물결인 듯 잔잔하게 퍼져 나가

윤회의 한 끝 울리는

破邪의 사원에 가 닿을 수 있을까

거기 적멸에 든 늙은 수도승 있어

몸 벗으니 이 세상이 꿈이었다고

오래 앉았던 좁은 자리 비우니

빈 자리 가득 채우는 은밀한 아우성

몸은 듣기나 하는지

―「겨울 나비」 전문

화자는 "낙엽"이 "산 중턱까지" "붉은 길"을 내는 모습을 "고운 날개"의 "나비떼"로 비유한다. "겨울을 향해 느리게 진행되던" '낙엽'과 "십일월 접었다 펴는" '나비떼'는 시간의 흐름을 함축하고 있다는 점에서 유사성을 가진다. "이 겨울 어느 지층으로 퇴적되어/갈피마다 새무늬로 삭아 갈까"라는 문장에 스며 있는 것은, 시간의 흐름 혹은 계절의 반복이 생을 퇴적시켜 새로운 무늬를 덧씌우는 동시에 퇴색시킨다는 복잡한 시의식이다. "운명"이란 우연을 필연으로 받아들이는 자기 생에 대한 확인일 것이다. 따라서 이러한 시간성을 운명으로 받아들이는 화자의 시의식에는 "세상의 가장이만 걸어 온" 자의 자기 생에 대한 회한뿐만 아니라 애정과 긍지가 개입되어 있다.

화자가 주시하는 시간의 흐름 저편에는 "윤회의 한 끝 울리는/破邪의 사원"이 있고, 그곳에는 "적멸에 든 늙은 수도승"이 있다. "몸 벗으니 이 세상이 꿈"이었다는 "수도승"의 깨달음은 화자 자신의 시의식과 동일한 것으로 보기에는 무리가 있을 듯하다. "破邪의 사원에 가 닿을 수 있을까"라는 의문형 문장은 화자가 윤회의 시간을 사유하지만 이미 "破邪의 사원"에 도달한 것이 아니라 그 미지의 시간에 대해 끝없이 질문하고 있음을 알려주기 때

문이다.

이런 산 속에 저수지가 있다는 것이
나에게는 자못 경이였다
크기라야 시골학교 운동장쯤이지만
저 담수가 지키는 생육의 길은
어디까지 흘러내려 우거지는 것인지
바람이 더듬어 뿌린 씨앗들이 내려 놓은
길은 여기서는 보이지 않는다
햇살과 바람과 구름이 흘러 모인
저 고요의 함정 들여다 보면
한마장은 됨직한 골짜기 아래
아득함으로 잠겨 있는
조그만 집 한 채 동공에 갇힌다
누군가 살고 있다면
세상으로 이어진 길 저기도 있으리라
그 길로 누가 오가는지 알 수 없지만
굽어 보면 귀담아 듣지 않아도 좋은
세상은 저리 깊은 골이었던가
어디로 더 가야 하는 걸까
모든 시작은 끝을 감추고

끝의 배후는 더욱 궁금하다

―「길 묻는 사람 1」 전문

화자는 산 속의 저수지를 발견하고 경이감을 느끼면서 그것이 지키는 "생육의 길"을 가늠해 본다. "바람이 더듬어 뿌린 씨앗들이 내려 놓은" 이 "길"은 보이지 않는 길이며, "햇살과 바람과 구름이 흘러 모인" "고요의 함정"이다. 따라서 김동수 시인이 주시하며 추구하는 "생육의 길"은 시선의 지각작용으로 볼 수 있는 현실의 길이 아니라, 과거와 현재와 미래가 한 자리에서 소용돌이치면서 형성되는 은밀한 내면적 길이다. 이 길의 끝에는 블랙홀처럼 모든 시간들을 빨아들이는 "동공"이 도사리고 있는 듯하다. "굽어 보면 귀담아 듣지 않아도 좋은/세상은 저리 깊은 골이었던가"라는 표현은 화자가 이 미지의 시간성 속에서 현실을 바라보고 있음을 엿보게 한다. "세상으로 이어진 길 저기도 있"겠지만, "그 길로 누가 오가는지 알 수 없"고 "어디로 더 가야 하는"지도 알 수 없다. "모든 시작은 끝을 감추고/끝의 배후는 더욱 궁금하다"라는 잠언식의 마지막 문장은 김동수 시의식의 핵심을 드러내 보여준다. 김동수의 시는 블랙홀처럼 모든 확실한 것들을 빨아들이는 미지의 시간성에 대한 질문의 연속으로 이루어져 있는 것이다.

오래 생각하는 것도 나이든 후의 습관일까
식탁 한켠에 며칠째 켜둔 안개꽃이
조금씩 제 몸의 안개를 뽑아 삭아갈 동안에도
나는 몇마디의 딱딱한 생각으로 서 있었다
세상 풍경을 외우고 사는 동안
내 몸을 거쳐 흘러나온 아이들
골똘한 생각으로 내 곁에 있다
그 생각의 배후는 너무 복잡하고
혹독한 미로를 점지받았던 나는
갈 수 없는 나라의 풍경 속까지 떠밀린다
이정들은 이미 지워져 있거나
거리의 입간판들은 훼손되어
식별할 수 없는 낱말들로 대체되어 있다
미처 읽어 보지 못한 경전은
누군가가 가져가 버렸다
그 자리는 비워져 있고
내가 치워야 할 지저분한 밥그릇들뿐
누군가의 소식처럼
거리는 늘 사람들로 붐볐으나

아무도 길은 가르쳐 주지 않았다

―「길 묻는 사람 2」 전문

　화자는 "오래 생각하는 것"을 "몇마디의 딱딱한 생각
으로 서 있었다"고 표현한다. 그리고 자신의 자식들조차
"골똘한 생각으로 내 곁에 있다"라고 말한다. "사변들"
(「중독」)로 표현된 바 있는 화자의 사념은 "혼자 세워 둔"
"마음의 벽"(「벽」)이기도 하지만, "생육의 길"을 주시하
며 "모든 시작"과 "끝"의 "배후"(「길 묻는 사람 1」)를 추
적하는 강인한 정신적 모험의 원동력이기도 하다. 생각
의 배후를 탐색하는 것은 현상의 근거를 찾아 그 시작과
끝을 추적하는 필연의 사유이다. 그것이 "너무 복잡하"
다는 것은 필연의 인과관계로 명쾌하게 규명할 수 없는
우연성과 모호성이 존재한다는 의미이고, 이런 이유로 화
자는 "혹독한 미로를 점지받"은 것이다. "갈 수 없는 나
라의 풍경 속까지 떠밀"리는 모습은 "미로"가 안내하는
미지의 세계를 표현하고 있다.

　이 곳의 이정들은 지워지고 입간판들은 훼손되어 있
다. "식별할 수 없는 낱말들"과 "미처 읽어 보지 못한 경
전"과 "비워져 있"는 "자리"는 "갈 수 없는 나라의 풍경"
이 해독하기 어렵고 실체가 부재하는 공허한 모습으로 존

재하고 있음을 보여준다. "내가 치워야 할 지저분한 밥그릇들뿐"은 미지의 세계에서도 화자의 고단한 생활이 남아 있음을 암시하고, "아무도 길은 가르쳐 주지 않았다"는 이 "갈 수 없는 나라의 풍경"이 여전히 안개에 갇힌 미지의 영역임을 드러내고 있다. 길을 묻는 사람에게 아무도 길을 가르쳐 주지 않는 막막한 상황은 화자를 암담하게 하지만, 미지의 세계를 향한 질문과 정진만이 이 암담함을 덜어주는 유일한 방법이 될 것이다. '난마의 길'을 헤치고 여기까지 온 김동수 시인이 '미지의 시간'을 향해 더 힘차게 질문하며 걸어가기를 기대한다.

길 묻는 사람

글쓴이 / 김동수
펴낸이 / 孫貞順
펴낸곳 / 모아드림

1판 1쇄 / 2009년 7월 1일

서울 서대문구 북아현3동 1-1278
전화 / 365-8111~2
팩시밀리 / 365-8110
E-mail / morebook@morebook.co.kr
http://www.morebook.co.kr
등록번호 / 제2-2264호(1996.10.24)

ISBN 978-89-5664-126-3

값 7,000원